D0937771

Benito's Sopaipillas

Las sopaipillas de Benito

By/Por Ana Baca

Illustrations by/Ilustrado por
Anthony Accardo

Spanish translation by/Traducido al español por
Carolina Villarroel

Piñata Books
Arte Público Press
Houston, Texas

Publication of *Benito's Sopaipillas* is funded by grants from the City of Houston through The Cultural Arts Council of Houston/Harris County, the Clayton Fund and the Exemplar Program, a program of Americans for the Arts in collaboration with the LarsonAllen Public Services Group, funded by the Ford Foundation. We are grateful for their support.

Esta edición de *Las sopaipillas de Benito* ha sido subvencionada por la ciudad de Houston por medio del Concilio de Artes Culturales de Houston, Condado de Harris, Clayton Fund y el Exemplar Program, un programa de Americans for the Arts en colaboración con el LarsonAllen Public Services Group, fundado por la Fundación Ford. Les agradecemos su apoyo.

Piñata Books are full of surprises!
¡Piñata Books están llenos de sorpresas!

Piñata Books
An Imprint of Arte Público Press
University of Houston
452 Cullen Performance Hall
Houston, Texas 77204-2004

Baca, Ana.
Las sopaipillas de Benito = Benito's Sopaipillas / by Ana Baca; Spanish translation by Carolina Villarroel; illustrated by Anthony Acardo.
p. cm.
Summary: As they prepare to make the traditional, pillowy bread called *sopaipilla*, Cristina's grandmother tells about the time her great-grandfather, aided by a scarecrow, brought an end to a drought and, in the process, helped make the first *sopaipilla*.
ISBN-10: 1-55885-370-7 (alk. paper)
ISBN-13: 978-1-55885-370-6
1. Mexican Americans—Juvenile fiction. [1. Mexican Americans—Fiction. 2. Bread—Fiction. 3. Droughts—Fiction. 4. Spanish language materials—Bilingual.] I. Villarroel, Carolina, 1971- II. Accardo, Anthony, ill. III. Title. IV. Title: Sopaipillas de Benito.
PZ73.B2435 2006
[E]—dc22

2006043193
CIP

∞ The paper used in this publication meets the requirements of the American National Standard for Permanence of Paper for Printed Library Materials Z39.48-1984.

Printed in China

6 7 8 9 0 1 2 3 4 5   10 9 8 7 6 5 4 3 2 1

For Sarah
—AB

This book is dedicated to my father, Franco, with love.
—AA

Para Sarah
—AB

Le dedico este libro a Franco, mi papá, con cariño.
—AA

One scorching summer morning, Cristina woke up when her grandmother threw open the curtains and a stream of sunlight burst through the window. Cristina squinted, trying to shade her eyes from the light.

"Rise and shine!" her grandmother called cheerfully.

"But, Abuelita, it's too hot to get up. I don't want to get up until winter."

Cristina's grandmother playfully snapped the sheet off Cristina. Cristina giggled, grateful for the hint of a breeze.

"Get up, *m'ijita*. I'm going to show you how to make *sopaipillas*, puffed pillows of fried bread. I promise you by the end of the day, we'll have a little rain."

"But how, Abuelita? There isn't a cloud in the sky."

Cristina's grandmother chuckled. "Have a little faith, *m'ijita*."

Una caliente mañana de verano, Cristina se despertó cuando su abuela abrió las cortinas y un rayo de luz entró por la ventana. Cristina entornó los ojos, tratando de protegerlos de la luz.

—¡Es hora de levantarse! —le dijo su abuela alegremente.

—Pero Abuelita, hace mucho calor para levantarse. No me quiero levantar hasta el invierno.

La abuela de Cristina, jugueteando, le movió bruscamente las sábanas. Cristina se rió, agradecida por el indicio de una brisa.

—Levántate, m'ijita. Te voy a enseñar a hacer sopaipillas, esponjosas almohaditas hechas de pan frito. Te prometo que al atardecer, tendremos un poco de lluvia.

—¿Pero cómo, Abuelita? No hay ni una nube en el cielo.

La abuela de Cristina dijo con una risita. —Ten un poquito de fe, m'ijita.

"Do you remember your great-grandfather, Benito?" Cristina's grandmother asked.

Cristina nodded, pointing to the framed photograph on her nightstand. She remembered the stories her grandmother told her about Benito and his magical chile seeds and his butterfly *bizcochitos*.

"Your great-grandfather was a shepherd for a short time. He took over his family's farm when his father died. Those were hard times for farmers because it didn't rain for months and the irrigation ditches were running dry and the crops were dying. Benito was frantic with worry. This is what happened."

—¿Recuerdas a tu bisabuelo Benito? —preguntó Abuela.

Cristina asintió, apuntando a la fotografía enmarcada en su mesita de noche. Recordaba las historias que su abuela le contó acerca de Benito y sus mágicas semillas de chile y sus bizcochitos mariposa.

—Tu bisabuelo Benito fue pastor por un tiempo. Se encargó de la granja de la familia cuando murió su papá. Esos fueron tiempos difíciles para los granjeros porque no llovió durante meses y las acequias se estaban secando y los sembrados se morían. Benito estaba desesperado. Esto es lo que pasó.

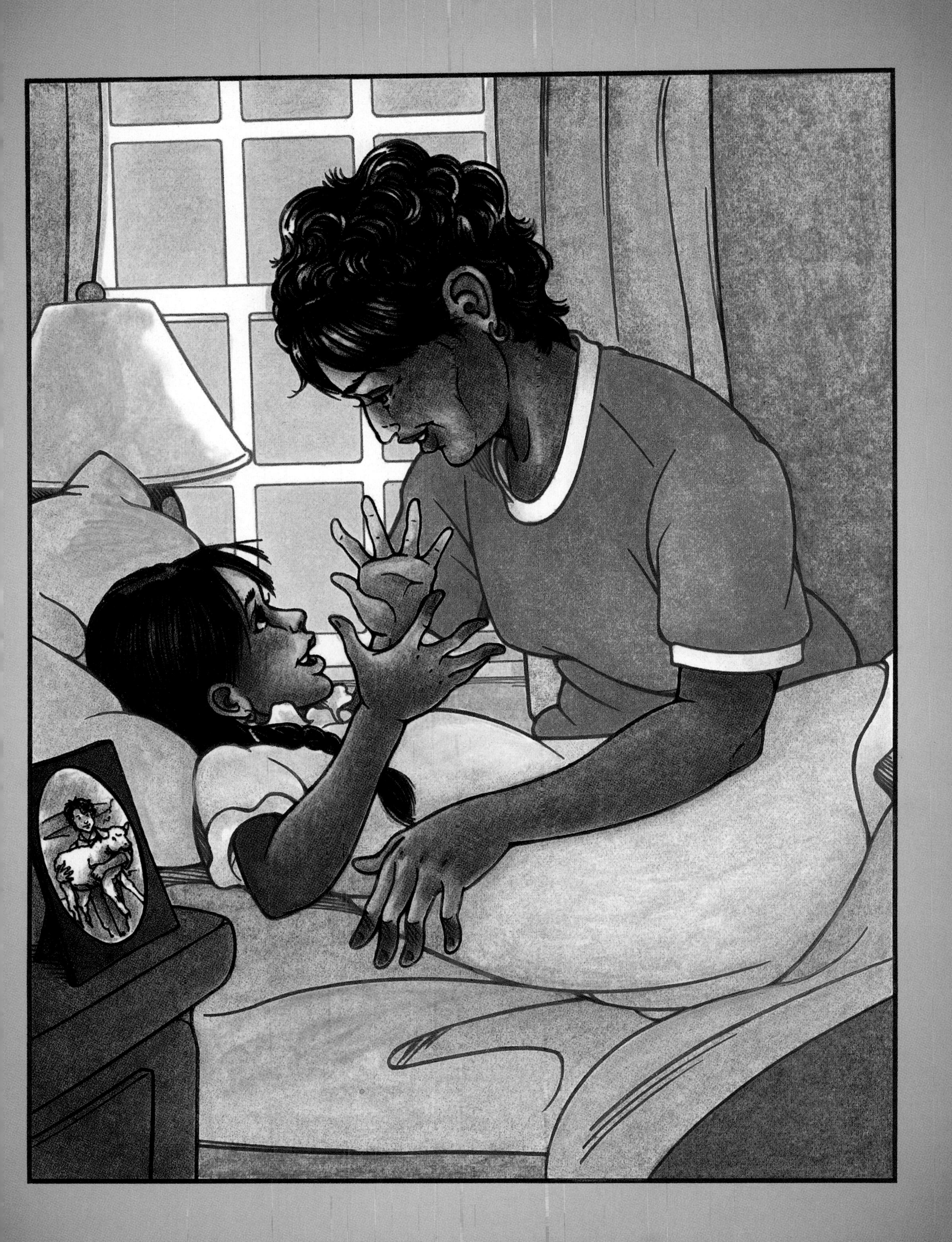

Shortly after dawn, Benito was drifting in and out of sleep. A loud knock on the door startled him awake, but he pretended to be asleep. With one eye open, he watched his mother wrap a shawl around her nightgown and open the door. It was the neighbor.

"Where's Benito, ma'am?" Mr. Chávez asked gruffly. "He's been stealing my water."

"Benito would do no such thing, Mr. Chávez. It's early, you woke us up."

"Benito got up long before first light. Look there. He's been to the fields. There's mud on his boots."

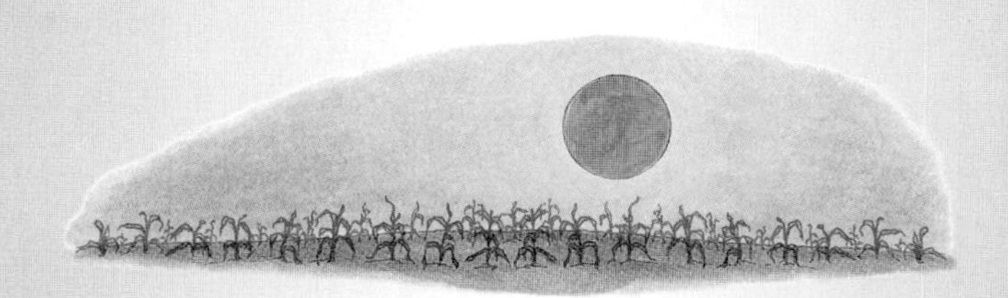

Un poco antes del amanecer, Benito no podía dormirse. Un fuerte golpe en la puerta lo sobresaltó, pero fingió estar dormido. Con un ojo entreabierto, observó a su madre ponerse un chal sobre su pijama y abrir la puerta. Era el vecino.

—¿Dónde está Benito, señora? —preguntó señor Chávez bruscamente—. Él ha estado robando mi agua.

—Benito no haría algo así, señor Chávez. ¿A qué se refiere? Es muy temprano, nos despertó.

—Benito ha estado despierto mucho antes del amanecer. Mire. Ha estado en los campos. Hay barro en sus botas.

Benito closed his eyes tightly, but his mother quickly nudged him awake.

"Benito, have you been stealing Mr. Chávez's water?"

"I . . . I didn't think anyone would care, Mamá," Benito stammered. "The chile was dying and the beans are already dead. You've been sick, and I couldn't let you go without food."

"Benito! Shame on you!"

"But the crops needed water," Benito pleaded. "I couldn't wait until my turn came around next Tuesday. The ditches will go dry without rain."

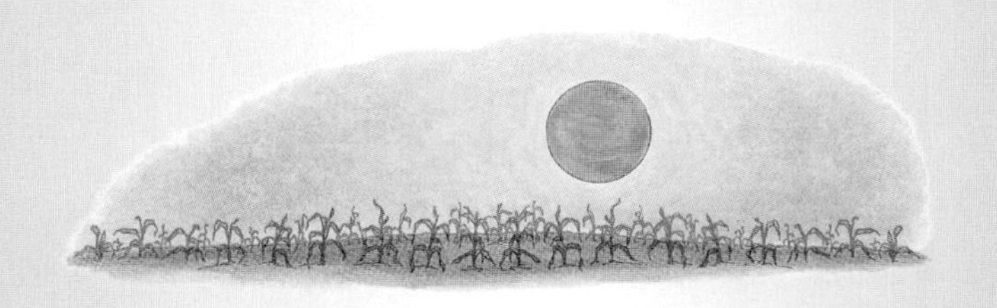

Benito cerró fuertemente los ojos, pero su madre lo despertó enseguida.

—¿Benito, has estado robando el agua del señor Chávez?

—Yo . . . Yo pensé que a nadie le importaría, Mamá —tartamudeó Benito—. El chile se estaba muriendo y los frijoles ya están muertos. Usted ha estado enferma, y no podía dejarla sin comida.

—¡Benito! ¡Qué vergüenza!

—Pero, los sembrados necesitaban agua —se defendió Benito—. No podía esperar hasta que tocara mi turno el próximo martes. Las zanjas se van a secar sin lluvia.

"All of us need water, Benito, and the ditches are dry now," said Mr. Chávez. "You took the last bit of water. My crops are dying and so are Mr. Tenorio's."

"I know, Mr. Chávez. I'm sorry."

"You watered out of turn and you must be punished. You'll plow up my dry fields to get them ready for the fall crop. You'll clear Mr. Tenorio's land too, and you'll pray for rain."

Benito nodded. He pulled on his work boots and followed Mr. Chávez outside. Passing his cow, Pía, Benito whispered, "Follow me to the fields."

"What was that about? Are you talking to cows, now, Benito?" Mr. Chávez asked.

Benito nodded, smiling. "Not just any cow, Mr. Chávez. Pía's smart."

Mr. Chávez shook his head.

—Todos necesitamos agua, Benito, y las zanjas están secas ahora —dijo el señor Chávez—. Tú usaste el último poquito de agua. Mis sembrados se están muriendo y también los del señor Tenorio.

—Lo sé, señor Chávez. Lo siento.

—Sentirlo no es suficiente, niño. Tú regaste fuera de turno y debes ser castigado. Ararás mis campos secos para dejarlos listos para la siembra de otoño. También limpiarás las tierras del señor Tenorio y rezarás por lluvia.

Benito asintió. Se puso sus botas de trabajo y siguió al señor Chávez. Al pasar junto a su vaca Pía, Benito susurró, —Sígueme a los campos.

—¿Qué fue eso? ¿Les estás hablando a las vacas ahora, Benito? —dijo el señor Chávez.

Benito asintió sonriendo. —No a cualquier vaca, señor Chávez. Pía es inteligente.

Señor Chávez sacudió la cabeza.

As they walked to Mr. Chávez's fields, Benito noticed how parched the land looked, as if it were baking in the sun like an adobe brick. Some plants were wilted; some were already dead. Not a drop of water flowed through the ditch that fed Mr. Chávez's land.

Benito hitched up Mr. Chávez's mule to the plow and began digging up the dried plants. He worked row after row. He was hot and sweaty, and his stomach was grumbling. The sound reminded him that he had eaten nothing that day. His head began to spin and, suddenly, he collapsed into the dead plants.

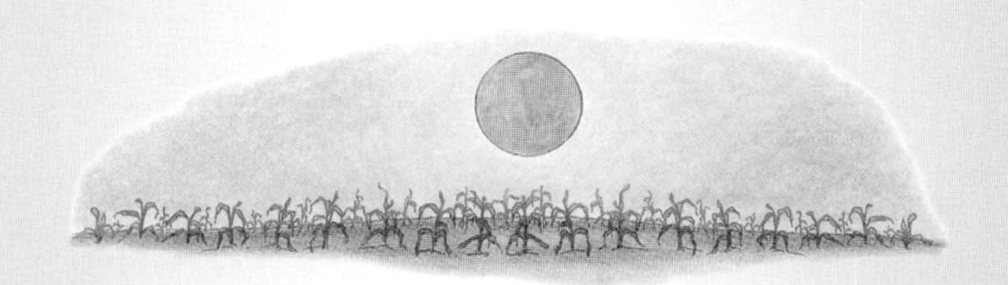

Mientras caminaban a los campos del señor Chávez, Benito notó lo reseca que se veía la tierra, como si se estuviera horneando al sol como un ladrillo de adobe. Algunas plantas estaban marchitas; otras ya estaban muertas. Ni una gota de agua corría por la zanja que alimentaba la tierra del señor Chávez.

Benito amarró la mula del señor Chávez al arado y empezó a sacar las plantas secas. Trabajó fila tras fila. Estaba acalorado y sudoroso, y su estómago estaba gruñendo. El ruido de su estómago le recordó que no había comido nada ese día. Su cabeza empezó a dar vueltas y, de repente, se desmayó sobre las plantas muertas.

When Benito opened his eyes, Pía was nudging him with her wet nose, and the scarecrow that guarded Mr. Chávez's fields towered over him.

"Pía!" Benito giggled. "Stop it."

Suddenly, the scarecrow moved. Benito's mouth dropped open in awe. He had never seen a living scarecrow.

"You must help me," the scarecrow pleaded. "The land is drying up, and I have nothing to do. There are no more crops to protect. Please help bring water to this land."

"Wh . . . what can we do?" Benito stammered. "We . . . we've been praying, but nothing has changed. There's still no rain."

"This is true," the scarecrow said. "But you have faith. This I know. Listen carefully to what I'm about to tell you."

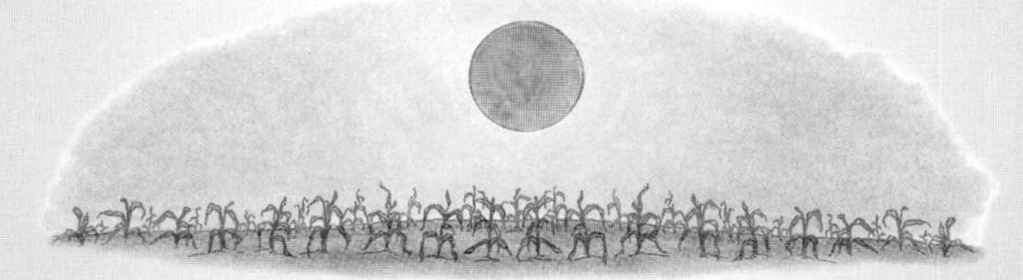

Cuando Benito abrió los ojos, Pía estaba moviéndolo con su húmedo hocico, y el espantapájaros que cuidaba los campos del señor Chávez estaba inclinado sobre él.

—¡Pía —se rió Benito—, déjame!

De pronto, el espantapájaros se movió. Benito se asombró. Nunca había visto un espantapájaros vivo.

—Tienes que ayudarme —rogó el espantapájaros—. La tierra se está secando y no tengo nada qué hacer. No hay más sembrados que proteger. Por favor, ayuda a traer agua a esta tierra.

—¿Qué . . . qué podemos hacer? —tartamudeó Benito—. No . . . nosotros hemos estado rezando, pero nada ha cambiado. Aún no hay lluvia.

—Es verdad —dijo el espantapájaros—. Pero tú tienes fe. Lo sé. Escucha cuidadosamente lo que te voy a decir.

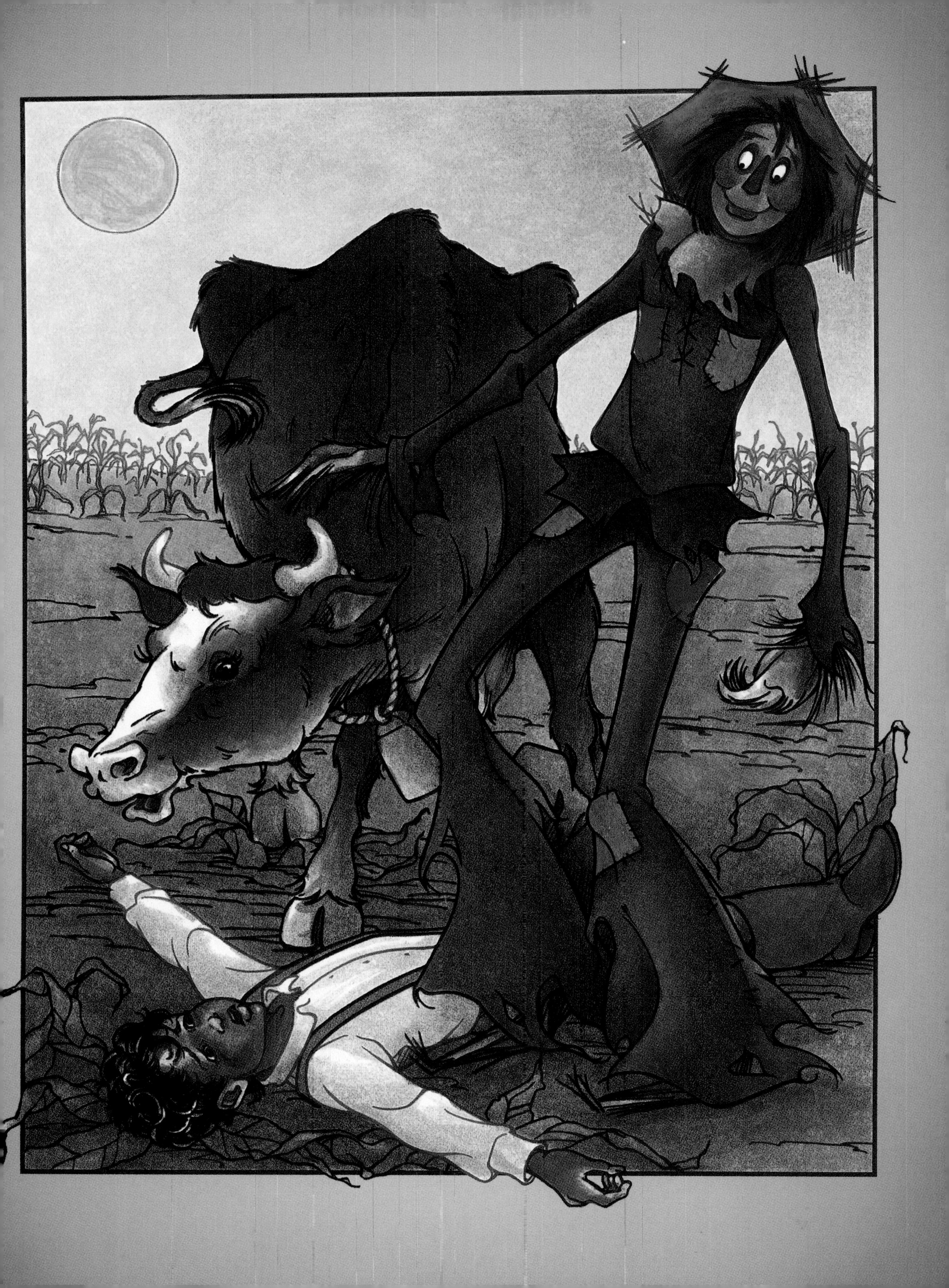

Benito strained to hear the scarecrow's whispers. The straw at its sleeve tickled Benito's ear.

"Your mother is making bread this very moment. Go into the kitchen and take as many of the balls of dough as you can carry."

Benito sniffed the air. "How do you know she's making bread?"

"I know," the scarecrow said matter-of-factly.

"But stealing is wrong, and Mamá will get mad," Benito replied.

The scarecrow agreed. "Then you will ask her for help."

Benito nodded and ran to his house. Pía and the scarecrow watched.

Benito se esforzó para escuchar los murmullos del espantapájaros. La paja en la manga del espantapájaros le hacía cosquillas en la oreja a Benito.

—Tu mamá está haciendo pan en este preciso momento. Entra a la cocina y toma todas las bolas de masa que puedas cargar.

Benito olfateó el aire. —¿Cómo sabes que está haciendo pan?

—Lo sé —dijo el espantapájaros con seguridad.

—Pero robar es malo, y Mamá se enojará —replicó Benito.

El espantapájaros estuvo de acuerdo. —Entonces le pedirás ayuda a tu mamá.

Benito asintió y corrió a su casa. Pía y el espantapájaros lo miraron.

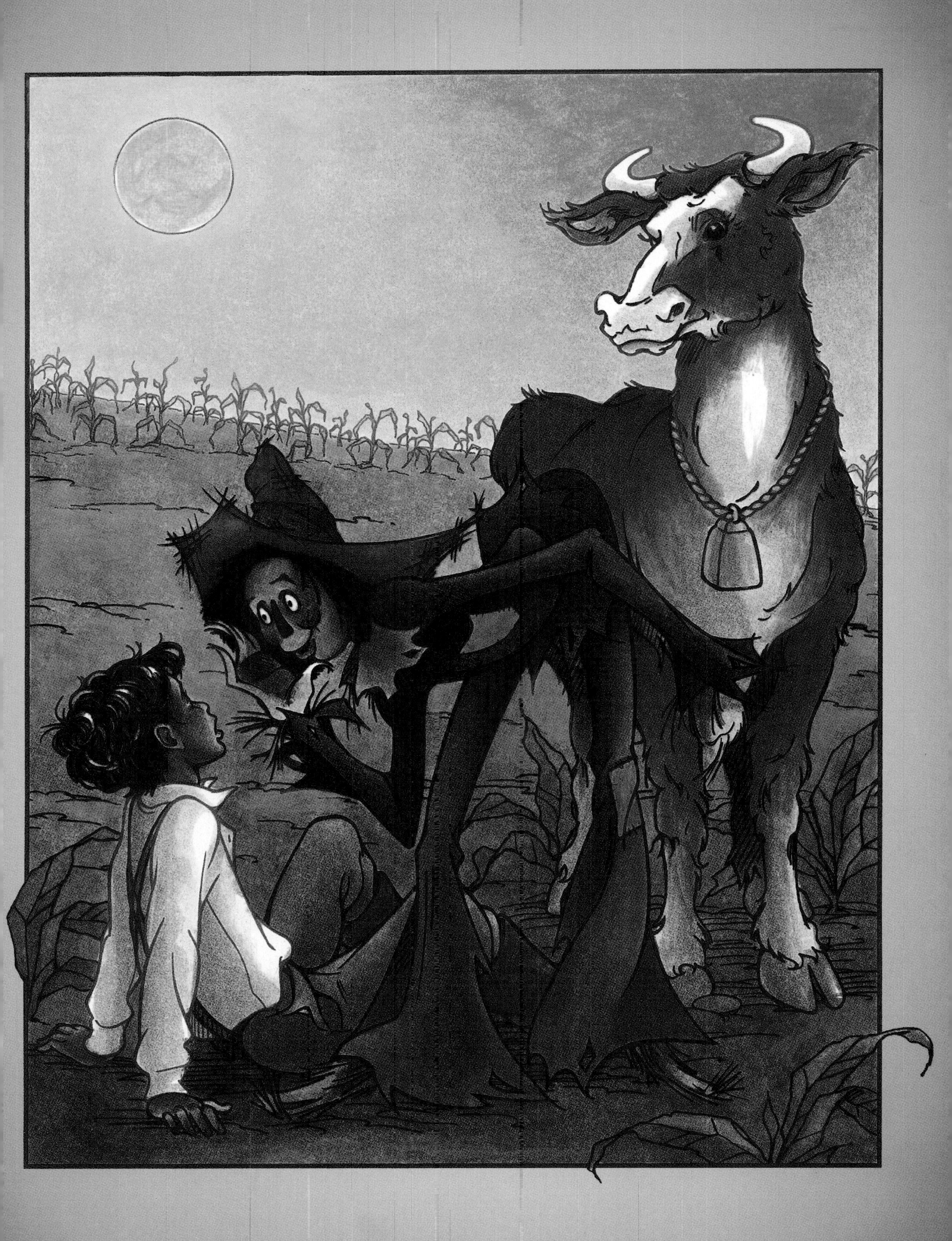

Benito and his mother emerged with their hands full of dough balls.

"Now tell me why we're wasting good bread, *m'ijito*?"

"We're not wasting it, Mamá. The scarecrow says it will bring us rain."

"The scarecrow?" Benito's mother asked.

"See, Mamá, over there." Benito said, pointing with his elbow.

Suddenly, Benito's mother dropped all the dough. The scarecrow ran up to her, picking up the dough as he greeted her.

The scarecrow smiled awkwardly while placing the dough balls inside its pockets. "Now, Benito, it's time to make rain. Climb onto Pía's back to be closer to the sky."

Pia arched her back to make Benito stand even taller.

Benito y su mamá salieron con las manos llenas de bolas de masa. La mamá de Benito se veía confundida.

—Ahora dime por qué estamos desperdiciando buen pan, m'ijito.

—No estamos desperdiciándolo, Mamá. El espantapájaros dice que nos traerá lluvia.

—¿El espantapájaros? —preguntó la madre de Benito.

—Mira, Mamá, allá —dijo Benito, apuntando con su codo.

De pronto, la madre de Benito dejó caer toda la masa. El espantapájaros corrió hacia ella y la saludó mientras recogía la masa

El espantapájaros sonrió torpemente mientras colocaba las bolas de masa en sus bolsillos. —Ahora, Benito, es hora de hacer llover. Monta sobre el lomo de Pía para que estés más cerca al cielo.

Pia levantó el lomo para que Benito estuviera más alto.

"Toss the balls of dough high into the sky, as far and as fast as you can. You have to believe that this dough will make clouds and these clouds will make rain," the scarecrow said.

Benito did as he was told until all the dough was gone.

While the three of them watched the sky, Benito tried to ignore the grumble in his stomach. The grumble grew louder, but Benito knew it did not come from him but from the sky above. Clouds rolled in. The sky grew dark and it began to rain. Rain!

—Tira las bolas de masa hacia el cielo, lo más alto y lo más rápido que puedas. Tienes que creer que esta masa hará nubes y esas nubes harán lluvia —dijo el espantapájaros.

Benito hizo lo que se le había dicho hasta que se terminó toda la masa.

Mientras que los tres observaban el cielo, Benito trató de ignorar el gruñido de su estómago. El gruñido creció, pero Benito sabía que no venía de él sino del cielo. Las nubes llegaron. El cielo se obscureció y comenzó a llover. ¡Lluvia!

Benito extended his arms with his palms open. The rain soaked his hair and streamed down his face. Pía held her tongue out, catching the raindrops.

Soon, the balls of dough that Benito had sent into the sky came falling down. Benito's mother held her apron open, trying to catch them before they fell to the ground.

The scarecrow smiled, making its way to the field of corn that was already showing signs of life.

Benito extendió sus brazos con las manos abiertas. La lluvia mojó su pelo y corrió por su rostro. Pía sacó la lengua, atrapando las gotas de lluvia.

Pronto, las bolas de masa que Benito había lanzado al cielo empezaron a caer. La madre de Benito abrió su delantal, tratando de atraparlas antes de que cayeran al suelo.

El espantapájaros sonrió, caminando hacia el campo de maíz que ya empezaba a mostrar signos de vida.

Inside, Benito's mother placed the dough balls one at a time into a pot of hot lard to clean them. Out came puffs of bread that resembled the pillows of clouds that had made the rain.

Benito's mother called him to come in out of the rain. Reluctantly, he went, calling Pía to follow. At the door, his mother held a bowl of puffed bread.

Together, they sat barefoot in the open doorway eating the pillows of bread that had brought the rain. Off in the distance, the scarecrow grew still again, its smile visible only to Benito.

Adentro, la madre de Benito colocó las bolas de masa, una por una, en una olla de grasa caliente para limpiarlas. De allí salieron esponjas de pan que semejaban las nubes que habían hecho llover.

La mamá de Benito lo llamó para que saliera de la lluvia. Sin ganas, entró a la casa, llamando a Pía para que lo siguiera. En la puerta, su madre le ofrecía un tazón con esponjoso pan.

Juntos, se sentaron en el umbral con los pies en la lluvia, comiendo las almohaditas de pan que habían traído la lluvia. A lo lejos, el espantapájaros, otra vez sin movimiento, sonreía de modo que sólo Benito podía ver.

Cristina tore a *sopaipilla* in two, dribbled honey inside one piece, and gave the other to her grandmother.

"One summer day, when the chile plants were wilting, my father taught me how to make *sopaipillas* and told me that story. He said the pillows of bread were the secret to rain because, like clouds, they caught the raindrops in them and brought them down to earth. In turn, the rain fed the crops that fed the people. He called them soup catchers or *sopaipillas*."

As raindrops began to spatter on the windowpane, Cristina's grandmother threw open the door to let in the fresh, earthy smell of summer rain. While Cristina listened to her grandmother tell another story, the raindrops danced into the night. The *sopaipillas* had done their magic.

Cristina partió una sopaipilla en dos, le echó miel adentro a un pedazo y le dio el otro a Abuela.

—Un día de verano, cuando las plantas de chile se estaban muriendo, mi papá me enseñó a hacer sopaipillas y me contó esta historia. Me dijo que las sopaipillas fueron el secreto para hacer llover, porque al igual que las nubes, atrapan las gotas de lluvia y las traen a la tierra. A su vez, la lluvia alimenta los sembrados que alimentan a las personas. Él las llamó atrapasopas o sopaipillas.

Cuando las gotas de lluvia salpicaron la ventana, la abuela de Cristina abrió la puerta para dejar entrar el fresco olor a tierra que traía la lluvia. Cristina escuchó a su abuela contarle otra historia mientras las gotas de lluvia bailaban en la noche. Las sopaipillas habían hecho su magia.

Sopaipillas

2 cups flour
2 tsp. baking powder
1/2 tsp. salt
2 tbsp. shortening
1/2 cup + 2 tbsp. warm water
shortening for frying

1. Mix dry ingredients together.
2. Cut in 2 tbsp. shortening.
3. Gradually add water. Knead dough until smooth. Cover bowl with a damp cloth and let sit 20 minutes.
4. Heat shortening in a pot over medium-high heat until it is 3 inches high and very hot.
5. Roll out dough to 1/8-1/16 inch thick on a lightly floured surface. Cut dough across horizontally and then up and down to form 12 squares or pillow shapes.
6. Fry one at a time, turning once, until golden brown. *Sopaipillas* will puff into pillows. Remove from the heat and drain on paper towels.
7. Serve hot with honey or dust with cinnamon-sugar or powdered sugar. Makes 12 *sopaipillas*.

Note: Recipe was developed for high altitudes. If you live in a place that has an elevation of less than 2500 feet, adjust the recipe as follows: 1 3/4 cup flour, 2 1/2 tsp. baking powder, 1/2 tsp. salt, 2 tbsp. shortening, 1/2 cup warm water. Follow same directions above.

Sopaipillas

2 tazas de harina
2 cditas. de polvo de hornear
1/2 cdita. de sal
2 cdas. de manteca
1/2 taza + 2 cdas. de agua tibia
Manteca para freír

1. Mezcle todos los ingredientes secos.
2. Agregue las dos cucharadas de manteca.
3. Poco a poco agregue el agua. Amase hasta que la masa esté suave. Cubra el tazón con un trapo húmedo y déjelo descansar por 20 minutos.
4. Caliente la manteca en una olla a fuego medio alto hasta que mida 3 pulgadas y que esté bien caliente.
5. En una superficie polvoreada con harina extienda la masa con un rodillo hasta que tenga 1/8-1/16 pulgada de espesor. Corte la masa horizontalmente y en vertical para formar 12 cuadrados o almohaditas.
6. Fría una por vez, volteándolas hasta que queden doradas. Las sopaipillas se inflarán como almohadas. Quítelas del fuego y déjelas secar en toallas de papel.
7. Sírvalas calientes con miel o polvoréelas con canela y azúcar o con azúcar glasé. Hace 12 sopaipillas.

Nota: La receta se hizo para zonas de altitud alta. Si vive en un lugar cuya elevación es menor a 2500 pies, ajuste la receta de la siguiente manera: 1 3/4 taza de harina, 2 1/2 cditas. de polvo de hornear, 1/2 cdita. de sal, 2 cdas. de manteca, 1/2 taza de agua tibia. Siga las mismas instrucciones de arriba.

Ana Baca is a native of Albuquerque, New Mexico. In *Benito's Sopaipillas / Las sopaipillas de Benito*, Ana brings to life the *sopaipilla*. The puffed pillow of fried bread is known to many throughout the western hemisphere by different names, such as *buñuelo* and Indian fry bread. Even though the history surrounding these breads may be sad because it tells the tale of conquest, for Ana, as a child, *sopaipillas* were a rare treat that signaled celebration. Ana hopes the tradition of making *sopaipillas* will live on for generations, bringing joy and festivity to those who enjoy them. Ana is the author of *Benito's Bizcochitos / Los bizcochitos de Benito* and *Chiles for Benito / Chiles para Benito.*

Ana Baca es originaria de Albuquerque, Nuevo México. En *Benito's Sopaipillas / Las sopaipillas de Benito*, Ana le da vida a la *sopaipilla*. La esponjosa almohadita hecha de pan frito es conocida por muchos como el buñuelo o el pan frito de los nativo americanos. Aunque la historia que rodea estos panes es triste porque recuerda los relatos de la conquista, para Ana, cuando niña, las sopaipillas eran un manjar poco frecuente que marcaba una celebración. Ana espera que la tradición de hacer sopaipillas sobreviva por generaciones llevando felicidad y festividad a todos. Ana también es autora de *Benito's Bizcochitos / Los bizcochitos de Benito* y *Chiles for Benito / Chiles para Benito.*

Anthony Accardo was born in New York. He spent his childhood in southern Italy and studied art there. He holds a degree in Art and Advertising Design from New York City Technical College and has been a member of the Society of Illustrators since 1987. Anthony has illustrated more than fifty children's books; he is perhaps best known for his work on the Nancy Drew Notebooks series. His paintings have been exhibited in both the United States and Europe. When not traveling, Anthony Accardo lives in Brooklyn.

Anthony Accardo nació en Nueva York. Pasó su niñez en el sur de Italia y allí estudió arte. Obtuvo su licenciatura en Art and Advertising Design en el New York City Technical College y ha sido miembro de la Society of Illustrators desde 1987. Anthony ha ilustrado más de cincuenta libros infantiles; él es muy conocido por su trabajo en la serie Nancy Drew Notebooks. Sus pinturas han sido exhibidas en Estados Unidos y Europa. Cuando no está viajando, Anthony Accardo vive en Brooklyn.